국어과 선생님이 뽑은

한국문학읽기
한국고전읽기
세계문학읽기

국어과 선생님이 뽑은 **정지용 명시**

향수 & 유리창 & 호수 외

북·앤·북

국어과 선생님이 뽑은 **정지용 명시**
향수 & 유리창 & 호수 외

초판 1쇄 | 2014년 7월 15일 발행

지은이 | 정지용
교 정 | 이정민
디자인 | 인지숙
펴낸이 | 이경자
펴낸곳 | 북앤북

주소 | 서울 마포구 월드컵로 11길 35, 101동 502호
전화 | 02-336-9948
팩시밀리 | 02-337-4315
등록 | 제 313-2008-000016호

ISBN 978-89-89994-99-2 44800
       978-89-89994-91-6 (세트)

국립중앙도서관 출판시도서목록(CIP)

(국어과 선생님이 뽑은) 정지용 명시 : 향수 & 유리창 & 호
수 외 / 지은이: 정지용. -- 서울 : 북앤북, 2014
    p. ;   cm. -- ((국어과 선생님이 뽑은) 문학읽기 ; 4
1)

ISBN 978-89-89994-99-2 44800 : ₩8500
ISBN 978-89-89994-91-6 (세트) 44800

한국 시[韓國詩]

811.6-KDC5   CIP2014014515

잘못된 책은 구입하신 서점에서 바꾸어 드립니다.

시의 표기는 원문에 따르는 것을 원칙으로 하고
띄어쓰기와 부호 등은 현대 표기법에 맞추어
수정하였음을 밝힙니다.

정지용 명시 향수 & 유리창 & 호수

에게 드립니다

 작가 소개

정지용(鄭芝溶, 1902~1950.9.25)

충북 옥천(沃川) 출생. 아명 지용(池龍).

한의사인 아버지 태국(泰國)과 어머니 정미하(鄭美河) 사이에 맏아들로 태어났다. 12세 때 송재숙(宋在淑)과 결혼하고 아버지의 영향으로 천주교에 입교했다. 옥천공립보통학교를 마치고 서울 휘문고등보통학교에 다니다 일본 도시샤 대학 영문과를 졸업. 귀국 후 모교인 휘문고등보통학교에서 영어교사로 16년간 재직하며 가톨릭 신앙을 바탕으로 동양적인 정서로 빼어난 시를 발표한다. 〈시문학〉 동인으로 시단의 중요한 위치에 서게 되며 이상(李箱), 조지훈(趙芝薰), 박두진(朴斗鎭), 박목월(朴木月) 등의 시인을 등단시켰다. 정부 수립 후에 보도연맹에 가입하여 전향 강연을 하고 6 · 25 전쟁 때 북한군에 끌려간 후 월북 시인으로 오인되어 38년 동안 작품이 공개되지 못했다. 6 · 25 전쟁 이후 행적에는 여러 설이 있으나 1950년 9월경 북한에서 이광수, 계광순과 함께 폭사한 것으로 알려져 있다.

대표 작품은 향수(鄕愁), 압천(鴨川), 이른 봄 아침, 바다 등이 있고 시집으로는 ≪정지용 시집≫, ≪백록담≫, ≪지용 시선≫ 등이 있다.

정지용 명시 향수 & 유리창 & 호수 / 차례

얼굴 하나야

손바닥 둘로
폭 가리지만,

보고 싶은 마음
호수만하니
눈 감을 밖에.

- 『호수 1』 중에서 -

향수 & 유리창 & 호수

1

고향

고향에 고향에 돌아와도
그리던 고향은 아니러뇨.

산꿩이 알을 품고
뻐꾸기 제철에 울건만,

마음은 제 고향 지니지 않고
머언 항구로 떠도는 구름.

오늘도 뫼 끝에 홀로 오르니
흰 점 꽃이 인정스레 웃고,

어린 시절에 불던 풀피리 소리 아니 나고
메마른 입술에 쓰디쓰다.

고향에 고향에 돌아와도
그리던 하늘만이 높푸르구나.

기차

할머니
무엇이 그리 서러 우십나?
울며 울며
녹아도(鹿兒島)로 간다.

해어진 왜포 수건에
눈물이 함촉,
영! 눈에 어른거려
기대도 기대도
내 잠 못 들겠소.

내도 이가 아파서
고향 찾아가오.

배추꽃 노란 사월 바람을
기차는 간다고
악 물며 악물며 달린다.

딸레

딸레와 쬐그만 아주머니,
앵두나무 밑에서
우리는 늘 셋 동무.

딸레는 잘못하다
눈이 멀어 나갔네.

눈먼 딸레 찾으러 갔다 오니,
쬐그만 아주머니마저
누가 데려갔네.

방울 혼자 흔들다
나는 싫어 울었다.

무어래요

한길로만 오시다
한 고개 넘어 우리 집.
앞문으로 오시지는 말고
뒷동산 사잇길로 오십쇼.
늦은 봄날
복사꽃 연분홍 이슬비가 내리시거든
뒷동산 사잇길로 오십쇼.
바람 피해 오시는 이처럼 들르시면
누가 무어래요?

병

부엉이 울던 밤
누나의 이야기 ——

파랑 병을 깨치면
금시 파랑 바다.

빨강 병을 깨치면
금시 빨강 바다.

뻐꾸기 울던 날
누나 시집갔네 ——

파랑 병을 깨트려
하늘 혼자 보고.

빨강 병을 깨트려
하늘 혼자 보고.

붉은 손

어깨가 둥글고
머릿단이 칠칠히,
산에서 자라거니
이마가 알빛같이 희다.

검은 버선에 흰 볼을 받아 신고
산과일처럼 얼어 붉은 손,
길눈을 헤쳐
돌 틈에 트인 물을 따내다.

한 줄기 푸른 연기 올라
지붕도 햇살에 붉어 다사롭고,
처녀는 눈 속에서 다시
벽오동 중허리 파릇한 냄새가 난다.

수줍어 돌아앉고, 철 아닌 나그네 되어,
서려 오르는 김에 낯을 비추우며
돌 틈에 이상하기 하늘 같은 샘물을 기웃거리다.

산소

서낭 산골 시오리 뒤로 두고
어린 누이 산소를 묻고 왔소.
해마다 봄바람 불어를 오면,
나들이 간 집새 찾아가라고
남면히 피는 꽃을 심고 왔소.

산에서 온 새

새삼나무 싹이 튼 담 위에
산에서 온 새가 울음 운다.

산엣 새는 파랑 치마 입고,
산엣 새는 빨강 모자 쓰고.

눈에 아름아름 보고 지고.
발 벗고 간 누이 보고 지고.

따순 봄날 이른 아침부터
산에서 온 새가 울음 운다.

숨기내기

나 ── ㄹ 눈 감기고 숨으십쇼.
잣나무 아람나무 안고 도시면
나는 샅샅이 찾아보지요.

숨기내기 해종일 하며는
나는 서러워진답니다.

서러워지기 전에
파랑새 사냥을 가지요.

떠나온 지 오랜 시골 다시 찾아
파랑새 사냥을 가지요.

종달새

삼동내 —— 얼었다 나온 나를
종달새 지리 지리 지리리······

왜 저리 놀려대누.

어머니 없이 자란 나를
종달새 지리 지리 지리리······

왜 저리 놀려 대누.

해 바른 봄날 한종일 두고
모래톱에서 나 홀로 놀자.

지는 해

우리 오빠 가신 곳은
해님 지는 서해 건너
멀리 멀리 가셨다네.
웬일인가 저 하늘이
핏빛보담 무섭구나!
난리 났나. 불이 났나.

할아버지

할아버지가
담뱃대를 물고
들에 나가시니,
궂은 날도
곱게 개고,

할아버지가
도롱이를 입고
들에 나가시니,
가문 날도
비가 오시네.

향수

넓은 벌 동쪽 끝으로
옛이야기 지줄대는 실개천이 휘돌아나가고,
얼룩백이 황소가
해설피 금빛 게으른 울음을 우는 곳,

—— 그곳이 차마 꿈엔들 잊힐 리야.

질화로에 재가 식어지면
비인 밭에 밤바람 소리 말을 달리고,
엷은 졸음에 겨운 늙으신 아버지가
짚베개를 돋아 고이시는 곳,

—— 그곳이 차마 꿈엔들 잊힐 리야.

흙에서 자란 내 마음
파아란 하늘 빛이 그리워
함부로 쏜 화살을 찾으려
풀섶 이슬에 함추름 휘적시던 곳,

—— 그곳이 차마 꿈엔들 잊힐 리야.

전설 바다에 춤추는 밤 물결 같은
검은 귀밑머리 날리는 어린 누이와
아무렇지도 않고 예쁠 것도 없는
사철 발 벗은 아내가
따가운 햇살을 등에 지고 이삭 줍던 곳,

── 그곳이 차마 꿈엔들 잊힐 리야.

하늘에는 성근 별
알 수도 없는 모래성으로 발을 옮기고,
서리까마귀 우지짖고 지나가는 초라한 지붕,
흐릿한 불빛에 돌아앉아 도란도란거리는 곳,

── 그곳이 차마 꿈엔들 잊힐 리야.

홍시

어저께도 홍시 하나.
오늘에도 홍시 하나.

까마귀야. 까마귀야.
우리 남게 왜 앉았나.

우리 오빠 오시걸랑.
맛 뵐라구 남겨뒀다.

후락 딱 딱
훠이 훠이!

홍춘(紅椿)

춘(椿)나무 꽃 피 뱉은 듯 붉게 타고
더딘 봄날 반은 기울어
물방아 시름없이 돌아간다.

어린아이들 제 춤에 뜻 없는 노래를 부르고
솜병아리 양지쪽에 모이를 가리고 있다.

아지랑이 졸음 조는 마을길에 고달퍼
아름아름 알아질 일도 몰라서
여윈 볼만 만지고 돌아오노니.

갑판 위

나지익한 하늘은 백금빛으로 빛나고
물결은 유리판처럼 부서지며 끓어오른다.
동글동글 굴러오는 짠바람에 뺨마다 고운 피가 고이고
배는 화려한 짐승처럼 짖으며 달려나간다.
문득 앞을 가리는 검은 해적 같은 외딴섬이
흩어져 나는 갈매기떼 날개 뒤로 문짓문짓 물러나가고,
어디로 돌아다보든지 하이얀 큰 팔굽이에 안기어
지구덩이가 동그랗다는 것이 즐겁구나.
넥타이는 시원스럽게 날리고 서로 기대 선 어깨에 유월 볕
이 스며들고
한없이 나가는 눈길은 수평선 저쪽까지 기폭처럼 퍼덕인다.

*

바다 바람이 그대 머리에 아른대는구료,
그대 머리는 슬픈 듯 하늘거리고.

바다 바람이 그대 치마폭에 이치대는구료,
그대 치마는 부끄러운 듯 나부끼고.

그대는 바람보고 꾸짓는구료.

*

별안간 뛰어들삼아도 설마 죽을라구요.
바나나 껍질로 바다를 놀려대노니,

젊은 마음 꼬이는 굽이도는 물굽이
둘이 함께 굽어보며 가비얍게 웃노니.

겨울

빗방울 내리다 누리알로 구을러
한밤중 잉크빛 바다를 건너다.

다시 해협

정오 가까운 해협은
백묵 흔적이 적력(的歷)한 원주!

마스트 끝에 붉은 기가 하늘보다 곱다.
감람 포기 포기 솟아오르듯 무성한 물이랑이여!

반마(班馬)같이 해구(海狗)같이 어여쁜 섬들이 달려오건
만
일일이 만져 주지 않고 지나가다.

해협이 물거울 쓰러지듯 휘뚝하였다.
해협은 엎질러지지 않았다.

지구 위로 기어가는 것이
이다지도 호수운 것이냐!

외진 곳 지날 제 기적은 무서워서 운다.
당나귀처럼 처량하구나.

해협의 칠월 햇살은
달빛보담 시원타.

화통 옆 사다다리에 나란히
제주도 사투리 하는 이와 아주 친했다.

스물한 살 적 첫 항로에
연애보담 담배를 먼저 배웠다.

바다 1

오 · 오 · 오 · 오 · 오 · 소리치며 달려가니
오 · 오 · 오 · 오 · 오 · 연달어서 몰아온다.

간밤에 잠 살포시
머언 뇌성이 울더니,

오늘 아침 바다는
포도빛으로 부풀어졌다.

철석, 처얼석, 철석, 처얼석, 철석,
제비 날아들듯 물결 사이사이로 춤을 추어.

바다 2

한 백년 진흙 속에
숨었다 나온 듯이,

게처럼 옆으로
기어가 보노니,

머언 푸른 하늘 아래로
가이없는 모래밭.

바다 3

외로운 마음이
한종일 두고

바다를 불러 ——

바다 위로
밤이
걸어온다.

바다 4

후주근한 물결 소리 등에 지고 홀로 돌아가노니
어디선지 그 누구 쓰러져 울음 우는 듯한 기척,

돌아서서 보니 먼 등대가 반짝반짝 깜박이고
갈매기떼 끼루룩 끼루룩 비를 부르며 날아간다.

울음 우는 이는 등대도 아니고 갈매기도 아니고
어딘지 홀로 떨어진 이름 모를 서러움이 하나.

바다 5

바둑돌은
내 손아귀에 만져지는 것이
퍽은 좋은가보아.

그러나 나는
푸른 바다 한복판에 던졌지.

바둑돌은
바다로 거꾸로 떨어지는 것이
퍽은 신기한가보아.

당신도 인제는
나를 그만만 만지시고,
귀를 들어 팽개를 치십시오.

나라는 나도
바다로 거꾸로 떨어지는 것이,
퍽은 시원해요.

바둑돌의 마음과
이 내 심사는
아아무도 모르지라요.

바다 6

고래가 이제 횡단한 뒤
해협이 천막처럼 퍼덕이오.

……흰 물결 피어오르는 아래로 바둑돌 자꾸자꾸
내려가고,

은방울 날리듯 떠오르는 바다종달새……

한나절 노려보오 훔켜잡아 고 빨간 살 뺏으려고.

*

미역 잎새 향기한 바위틈에
진달래꽃빛 조개가 햇살 쪼이고,
청제비 제 날개에 미끄러져 도 —— 네
유리판 같은 하늘에.
바다는 —— 속속들이 보이오.
청댓잎처럼 푸른
바다
봄

*

꽃봉오리 줄등 켜듯 한
조그만 산으로 ──하고 있을까요.

소나무 대나무
다옥한 수풀로 ──하고 있을까요.

노랑 검정 알롱달롱한
블랑키트 두르고 쪼그린 호랑이로 ──하고 있을까요.

당신은 「이러한 풍경」을 데불고
흰 연기 같은
바다
멀리 멀리 항해합쇼.

바다 7

바다는
푸르오,
모래는
희오, 희오,
수평선 위에
살포 ──시 내려앉는
정오 하늘,
한 한가운데 돌아가는 태양,
내 영혼도
이제
고요히 고요히 눈물겨운 백금 팽이를 돌리오.

바다 8

흰 구름
피어오르오,
내음새 좋은 바람
하나 찼소,
미역이 휙지고
소라가 살오르고
아아, 생강즙같이
맛들은 바다,
이제
칼날 같은 상어를 본 우리는
뱃머리로 달려나갔소,
구멍 뚫린 붉은 돛폭 퍼덕이오,
힘은 모조리 팔에!
창끝은 꼭 바로!

바다 9

바다는 뿔뿔이
달아나려고 했다.

푸른 도마뱀떼같이
재재발랐다.

꼬리가 이루
잡히지 않았다.

흰 발톱에 찢긴
산호보다 붉고 슬픈 생채기!

가까스로 몰아다 붙이고
변죽을 둘러 손질하여 물기를 씻었다.

이 앨쓴 해도(海圖)에
손을 씻고 떼었다.

찰찰 넘치도록
돌돌 구르도록

회동그라니 받쳐들었다!
지구는 연잎인 양 오므라들고……펴고……

선취(船醉)

해협이 일어서기로만 하니깐
배가 한사코 기어오르다 미끄러지곤 한다.

괴롬이란 참지 않아도 겪어지는 것이
주검이란 죽을 수 있는 것같이

뇌수가 튀어나오려고 지긋지긋 견딘다.
꼬꼬댁 소리도 할 수 없이

얼빠진 장닭처럼 건들거리며 나가니
갑판은 거북등처럼 뚫고 나가는데 해협이 엎히려고만
한다.

젊은 선원이 숫제 하모니카를 불고 섰다.
바다의 삼림에서 태풍이나 만나야 감상할 수 있다는
듯이,

암만 가려 디딘대도 해협은 자꾸 꺼져 들어간다.
수평선이 없어진 날 단말마의 신혼여행이여!

오직 한낱 의무를 찾아내어 그의 선실로 옮기다.
기도도 허락되지 않는 연옥에서 심방(尋訪)하려고

계단을 내리려니깐
계단이 올라온다.

도어를 부둥켜안고 기억할 수 없다.
하늘이 죄어들어 나의 심장을 짜노라고

영양(令孃)은 고독도 아닌 슬픔도 아닌
올빼미 같은 눈을 하고 체모에 기고 있다.

애련을 베풀까 하면
즉시 구토가 재촉된다.

연락선에는 일체로 간호가 없다.
징을 치고 뚜우 뚜우 부는 외에

우리들의 짐짝 트렁크에 이마를 대고
여덟 시간 내 —— 간구하고 또 울었다.

슬픈 인상화(印像畵)

수박 냄새 품어 오는
첫여름의 저녁 때······

먼 해안 쪽
길옆 나무에 늘어선
전등. 전등.
헤엄쳐 나온 듯이 깜박거리고 빛나노나.

침울하게 울려오는
축항(築港)의 기적소리······ 기적소리······
이국 정조로 퍼덕이는
세관의 깃발. 깃발.

시멘트 깐 인도 측으로 사뿟사뿟 옮기는
하이얀 양장의 점경(點景)!

그는 흘러가는 실심(失心)한 풍경이어니……
부질없이 오렌지 껍질 씹는 시름……

아아, 애시리 · 황!
그대는 상해로 가는구려……

해협

포탄으로 뚫은 듯 동그란 선창으로
눈썹까지 부풀어 오른 수평이 엿뵈고,

하늘이 함폭 내려앉아
크나큰 암탉처럼 품고 있다.

투명한 어족이 행렬하는 위치에
훗하게 차지한 나의 자리여!

망토 깃에 솟은 귀는 소라 속같이
소란한 무인도의 각적(角笛)을 불고 ──

해협 오전 두 시의 고독은 오롯한 원광(圓光)을 쓰다.
서러울 리 없는 눈물을 소녀처럼 짓자.

나의 청춘은 나의 조국!
다음날 항구의 개인 날씨여!

항해는 정히 연애처럼 비등하고
이제 어드매쯤 한밤의 태양이 피어오른다.

구성동(九城洞)

골짝에는 흔히
유성이 묻힌다.

황혼에
누리가 소란히 쌓이기도 하고,

꽃도
귀양사는 곳,

절터ㅅ드랬는데
바람도 모이지 않고

산 그림자 설핏하면
사슴이 일어나 등을 넘어간다.

꽃과 벗

석벽 깎아지른
안돌이 지돌이,
한나절 기고 돌았기
이제 다시 아슬아슬하고나.

일곱 걸음 안에
벗은, 호흡이 모자라
바위 잡고 쉬며 쉬며 오를 제,
산꽃을 따,
나의 머리며 옷깃을 꾸미기에,
오히려 바빴다.

나는 번인(蕃人)처럼 붉은 꽃을 쓰고,
약하여 다시 위엄스런 벗을
산길에 따르기 한결 즐거웠다.

새소리 끊인 곳,
흰돌 이마에 회돌아 서는 다람쥐 꼬리로
가을이 짙음을 보았고,

가까운 듯 폭포가 하잔히 울고,
메아리 소리 속에
돌아져 오는
벗의 부름이 더욱 고왔다.

삽시 엄습해오는
빗낱을 피하여,
짐승이 버리고 간 석굴을 찾아들어,
우리는 떨며 주림을 의논하였다.

백화(白樺) 가지 건너
짙푸르러 찡그린 먼 물이 오르자,
꼬아리같이 붉은 해가 잠기고,

이제 별과 꽃 사이
길이 끊어진 곳에
불을 피고 누웠다.

낙타털 케트에
구기인 채
벗은 이내 나비같이 잠들고,

높이 구름 위에 올라,
나룻이 잡힌 벗이 도리어
아내같이 예쁘기에,
눈 뜨고 지키기 싫지 않았다.

나비

　　시키지 않은 일이 서둘러 하고 싶기에　　난로에 싱싱한 물푸레 갈아 지피고　　등피(燈皮) 호 호 닦아 끼우어 심지 튀기니　　불꽃이 새록 돈다　　미리 떼고 걸고 보니 카렌다 이튿날 날짜가 미리 붉다　　이제 차츰 밟고 넘을 다람쥐 등솔기같이 구부레 벋어나갈 연봉(連峯) 산맥 길 위에 아슬한 가을 하늘이여　　초침 소리 유달리 뚝닥거리는 낙엽 벗은 산장 밤　　창유리까지에 구름이 드뉘니　　후 두 두 두 낙수 짓는 소리　　크기 손바닥만한 어인 나비가 따악 붙어 들여다본다　　가엾어라 열리지 않는 창　　주먹 쥐어 징징 치니 날을 기식(氣息)도 없이 네 벽이 도리어 날개와 떤다 해발 오천 척 위에 떠도는 한 조각 비 맞은 환상　　호흡하노라 서툴리 붙어 있는 이 자재화(自在畵) 한 폭은 활활 불 피어 담기어 있는 이상스런 계절이 몹시 부러웁다　　날개가 찢어진 채　　검은 눈을 잔나비처럼 뜨지나 않을까 무서워라　　구름이 다시 유리에 바위처럼 부서지며　　별도 휩쓸려 내려가 산 아래 어느 마을 위에 총총하뇨　　백화(白樺) 숲 희부옇게 어정거리는 절정　　부유스름하기 황혼 같은 밤.

백록담(白鹿潭)

1

  절정에 가까울수록 뻐꾹채 꽃키가 점점 소모된다. 한 마루 오르면 허리가 슬어지고 다시 한 마루 위에서 모가 지가 없고 나중에는 얼굴만 갸옷 내다본다. 화문(花紋)처럼 판박힌다. 바람이 차기가 함경도 끝과 맞서는 데서 뻐꾹채 키는 아주 없어지고도 팔월 한철엔 흩어진 성진(星辰)처럼 난만하다. 산 그림자 어둑어둑하면 그러지 않아도 뻐꾹채 꽃밭에서 별들이 켜든다. 제자리에서 별이 옮긴다. 나는 여기서 기진했다.

2

  암고란(巖古蘭), 환약같이 어여쁜 열매로 목을 축이고 살아 일어섰다.

3

  백화(白樺) 옆에서 백화가 촉루(髑髏)가 되기까지 산다. 내가 죽어 백화처럼 흴 것이 흉없지 않다.

4

귀신도 쓸쓸하여 살지 않는 한모롱이, 도체비꽃이 낮에도 혼자 무서워 파랗게 질린다.

5

바야흐로 해발 육천 척 위에서 마소가 사람을 대수롭게 아니 여기고 산다. 말이 말끼리 소가 소끼리, 망아지가 어미 소를 송아지가 어미 말을 따르다가 이내 헤어진다.

6

첫 새끼를 낳노라고 암소가 몹시 혼이 났다. 얼결에 산길 백 리를 돌아 서귀포로 달아났다. 물도 마르기 전에 어미를 여읜 송아지는 움매 —— 움매 —— 울었다. 말을 보고도 등산객을 보고도 마구 매어달렸다. 우리 새끼들도 모색(毛色)이 다른 어미한테 맡길 것을 나는 울었다.

7

풍란(風蘭)이 풍기는 향기, 꾀꼬리 서로 부르는 소리, 제주 휘파람새 휘파람 부는 소리, 돌에 물이 따로 구르는 소리, 먼 데서 바다가 구길 때 쏴 —— 쏴 —— 솔소리, 물푸레 동백 떡갈나무 속에서 나는 길을 잘못 들었다가 다시 칡넝쿨 기어간 흰돌박이 고부랑길로 나섰다. 문득 마주친 아롱점말이 피하지 않는다.

8

　고비 고사리 더덕순 도라지꽃 취 삿갓나물 대풀 석이(石茸) 별과 같은 방울을 달은 고산식물을 새기며 취하며 자며 한다. 백록담 조찰한 물을 그리어 산맥 위에서 짓는 행렬이 구름보다 장엄하다. 소나기 놋날 맞으며 무지개에 말리우며 궁둥이에 꽃물 이겨 붙인 채로 살이 붓는다.

9

　가재도 기지 않는 백록담 푸른 물에 하늘이 돈다. 불구에 가깝도록 고단한 나의 다리를 돌아 소가 갔다. 쫓겨 온 실구름 일말(一抹)에도 백록담은 흐리운다. 나의 얼굴에 한나절 포긴 백록담은 쓸쓸하다. 나는 깨다 졸다 기도조차 잊었더니라.

압천(鴨川)

압천 십리 벌에
해는 저물어…… 저물어……

날이 날마다 님 보내기
목이 자졌다…… 여울물 소리……

찬 모래알 쥐어짜는 찬 사람의 마음,
쥐어짜라. 바수어라. 시원치도 않아라.

여뀌풀 우거진 보금자리
뜸부기 홀어멈 울음 울고,

제비 한 쌍 떴다,
비맞이 춤을 추어.

수박 냄새 품어오는 저녁 물바람.
오렌지 껍질 씹는 젊은 나그네의 시름.

압천 십리 벌에
해가 저물어…… 저물어……

비로봉 1

백화(白樺) 수풀 앙당한 속에
계절이 쪼그리고 있다.

이곳은 육체 없는 요적(寥寂)한 향연장
이마에 스며드는 향료로운 자양!

해발 오천 피트 권운층 위에
그싯는 성냥불!

동해는 푸른 삽화처럼 옴찍 않고
누리알이 참벌처럼 옮겨간다.

연정은 그림자마저 벗자
산드랗게 얼어라! 귀뚜라미처럼.

비로봉 2

담장이
물들고,

다람쥐 꼬리
숱이 짙다.

산맥 위의
가을길 ──

이마 바르히
해도 향그로워

지팡이
잦은 맞임

흰 돌이
우놋다.

백화(白樺) 홀홀
허울 벗고,

꽃 옆에 자고
이는 구름,

바람에
아시우다.

옥류동(玉流洞)

골에 하늘이
따로 트이고,

폭포 소리 하잔히
봄 우레를 울다.

날가지 겹겹이
모란 꽃잎 포기이는 듯,

자위 돌아 사풋 질 듯
위태로이 솟은 봉우리들.

골이 속 속 접히어들어
이내(晴嵐)가 새포롬 서그러거리는 숫도림.

꽃가루 묻힌 양 날아올라
나래 떠는 해.

보랏빛 햇살이
폭지어 빗겨 걸치이매,

기슭에 약초들의
소란한 호흡!

들새도 날아들지 않고
신비가 한껏 저자 선 한낮.

물도 젖어지지 않아
흰 돌 위에 따로 구르고,

다가 스미는 향기에
길초마다 옷깃이 매워라.

귀뚜리도
흠식한 양

옴짓
아니 긴다.

장수산 1

　벌목정정(伐木丁丁)이랬거니　아름드리 큰 솔이 베어
짐직도 하이　골이 울어 메아리 소리 쩌르렁　돌아옴직
도 하이　다람쥐도 좇지 않고　멧새도 울지 않아　깊은
산 고요가 차라리 뼈를 저리우는데　눈과 밤이 종이보담
희고녀!　달도 보름을 기다려 흰 뜻은　한밤 이 골을 걸
음이랸다?　웃절 중이 여섯 판에 여섯 번 지고 웃고 올라
간 뒤　조찰히 늙은 사나이의 남긴 내음새를 줍는다?　시
름은 바람도 일지 않는 고요에 심히 흔들리우노니　오오
견디란다　차고 올연(兀然)히　슬픔도 꿈도 없이　장수
산 속 겨울 한밤내 ──

장수산 2

　풀도 떨지 않는 돌산이오　돌도 한 덩이로　열두 골을 고비 고비 돌았세라　찬 하늘이 골마다　따로 씌우었고 얼음이 굳이 얼어　디딤돌이 믿음직하이　꿩이 기고 곰이 밟은 자욱에　나의 발도 놓이노니　물소리　귀뚜리처럼 즐즐하놋다.　피락 마락 하는 햇살에　눈 위에 눈이 가리어 앉다　흰 시울 아래 흰 시울이 눌리어 숨쉬는다 온 산중 내려앉는 횏진 시울들이　다치지 않이!　나도 내더져 앉다　일찍이 진달래꽃 그림자에 붉었던　절벽 보이얀 자리 위에!

절정

석벽에는
주사(朱砂)가 찍혀 있소.
이슬 같은 물이 흐르오.
나래 붉은 새가
위태한 데 앉아 따먹으오.
산포도 순이 지나갔소.
향그런 꽃뱀이
고원 꿈에 옴치고 있소.
거대한 죽음 같은 장엄한 이마,
기후조(氣候鳥)가 첫 번 돌아오는 곳,
상현달이 사라지는 곳,
쌍무지개 다리 디디는 곳,
아래서 볼 때 오리온성좌와 키가 나란하오.
나는 이제 상상봉에 섰소.
별만한 흰 꽃이 하늘대오.
민들레 같은 두 다리 간조롱해지오.
해 솟아오르는 동해 ──
바람에 향하는 먼 기폭(旗幅)처럼
뺨에 나부끼오.

진달래

　한 골에서 비를 보고　한 골에서 바람을 보다　한 골에 그늘 딴 골에 양지　따로 따로 갈아 밟다　무지개 햇살에 빗걸린 골　산벌떼 두름박 지어 위잉 위잉 두르는 골　잡목 수풀 누릇붉긋 어우러진 속에 감추어 낮잠 듭신 칡범 냄새 가장자리를 돌아　어마 어마 기어 살아나온 골　상봉에 올라 별보다 깨끗한 돌을 드니　백화 가지 위에 하도 푸른 하늘…… 포르르 뽈매…… 온 산중 홍엽이 수런수런거린다　아랫절 불 켜지 않은 장방에 들어 목침을 달구어 발바닥 꼬아리를 슴슴 지지며　그제사 범의 욕을 그놈 저놈 하고 이내 누웠다　바로 머리맡에 물소리 흘리며 어느 한 곬으로 빠져나가다가　난데없는 철 아닌 진달래 꽃 사태를 만나　나는 만신(萬身)을 붉히고 서다.

폭포

산골에서 자란 물도
돌바람벽 낭떠러지에서 겁이 났다.

눈덩이 옆에서 졸다가
꽃나무 아래로 우정 돌아

가재가 기는 골짝
죄그만 하늘이 갑갑했다.

갑자기 호숩어지려니
마음 조일 밖에.

흰 발톱 갈갈이
앙징스레도 할퀸다.

어쨌든 너무 재재거린다.
내려질리자 쭐뼷 물도 단번에 감수했다.

심심산천에 고사리밥
모조리 졸리운 날

송홧가루
노랗게 날리네.

산수 따라온 신혼 한 쌍
앵두같이 상기했다.

돌뿌리 뾰죽 뾰죽 무척 고부라진 길이
아기자기 좋아라 왔지!

하인리히 하이네 적부터
동그란 오오 나의 태양도

겨우 끼리끼리의 발꿈치를
조롱조롱 한나절 따라왔다.

산간에 폭포수는 암만해도 무서워서
기엄기엄 기며 내린다.

호면

손바닥을 울리는 소리
곱드랗게 건너간다.

그 뒤로 흰 거위가 미끄러진다.

호수 1

얼굴 하나야
손바닥 둘로
폭 가리지만,

보고 싶은 마음
호수만하니
눈 감을 밖에.

호수 2

오리 모가지는
호수를 감는다.

오리 모가지는
자꾸 간지러워.

유리에 차고 슬픈 것이 어른거린다.

열없이 붙어 서서 입김을 흐리우니

길들은 양 언 날개를 파닥거린다.

지우고 보고 지우고 보아도

새까만 밤이 밀려나가고 밀려와 부딪히고,

물 먹은 별이, 반짝, 보석처럼 박힌다.

향수 & 유리창 & 호수

2

난초

난초 잎은
차라리 수묵색.

난초 잎에
엷은 안개와 꿈이 오다.

난초 잎은
한밤에 여는 다문 입술이 있다.

난초 잎은
별빛에 눈떴다 돌아눕다.

난초 잎은
드러난 팔굽이를 어쩌지 못한다.

난초 잎에
적은 바람이 오다.

난초 잎은
춥다.

다알리아

가을 볕 째앵 하게
내려 쪼이는 잔디밭.

함빡 피어난 다알리아.
한낮에 함빡 핀 다알리아.

시악시야, 네 살빛도
익을 대로 익었구나.

젖가슴과 부끄럼성이
익을 대로 익었구나.

시악시야, 순하디 순하여다오.
암사슴처럼 뛰어다녀 보아라.

물오리 떠돌아다니는
흰 못물 같은 하늘 밑에,

함빡 피어 나온 다알리아.
피다 못해 터져 나오는 다알리아.

말

말아, 다락같은 말아,
너는 점잖도 하다마는
너는 왜 그리 슬퍼 뵈니?
말아, 사람 편인 말아,
검정 콩 푸렁 콩을 주마.

*

이 말은 누가 난 줄도 모르고
밤이면 먼 데 달을 보며 잔다.

비둘기

저 어느 새떼가 저렇게 날아오나?
저 어느 새떼가 저렇게 날아오나?

사월달 햇살이
물 놓오리 치듯하네.

하늘바래기 하늘만 치어다보다가
하마 자칫 잊을 뻔했던
사랑, 사랑이
비둘기 타고 오네요.
비둘기 타고 오네요.

벗나무 열매

윗입술에 그 벗나무 열매가 다 나았니?
그래 그 벗나무 열매가 지운 듯 스러졌니?
그끄제 밤에 네가 참벌처럼 잉잉거리고 간 뒤로 ——
불빛은 송홧가루 뿌린 듯 무리를 둘러쓰고
문풍지에 어렴풋이 얼음 풀린 먼 여울이 떠는구나.
바람세는 연사흘 두고 유달리도 미끄러워
한창 때 삭신이 덧나기도 쉽단다.
외로운 섬 강화도로 떠날 임시해서 ——
윗입술에 그 벗나무 열매가 안 나아서 쓰겠니?
그래 그 벗나무 열매를 그대로 달고 가려니?

석류

장미꽃처럼 곱게 피어가는 화로에 숯불,
입춘 때 밤은 마른 풀 사르는 냄새가 난다.

한겨울 지난 석류 열매를 쪼개어
홍보석 같은 알을 한 알 두 알 맛보노니,

투명한 옛 생각, 새론 시름의 무지개여,
금붕어처럼 어린 여릿여릿한 느낌이여.

이 열매는 지난 해 시월상달, 우리 둘의
조그마한 이야기가 비롯될 때 익은 것이어니.

작은 아씨야, 가녀린 동무야, 남몰래 깃들인
네 가슴에 졸음 조는 옥토끼가 한 쌍.

옛 못 속에 헤엄치는 흰 고기의 손가락, 손가락,
외롭게 가볍게 스스로 떠는 은실, 은실,

아아 석류알을 알알이 비추어 보며
신라 천년의 푸른 하늘을 꿈꾸노니.

유선애상(流線哀傷)

생김생김이 피아노보담 낫다.
얼마나 뛰어난 연미복 맵시냐.

산뜻한 이 신사를 아스팔트 위로 곤돌라인 듯
몰고들 다니길래 하도 딱하길래 하루 청해왔다.

손에 맞는 품이 길이 아주 들었다.
열고 보니 허술히도 반음 키 —— 가 하나 남았더라.

줄창 연습을 시켜도 이건 철로판에서 밴 소리로구나.
무대로 내보낼 생각을 아예 아니했다.

애초 달랑거리는 버릇 때문에 궂은 날 막 잡아부렸다.
함초롬 젖어 새초롬하기는새레 회회 떨어 다듬고 나선다.

대체 슬퍼하는 때는 언제길래
아장아장 팩팩거리기가 위주냐.

허리가 모조리 가늘어지도록 슬픈 행렬에 끼어
아주 천연스레 굴던 게 옆으로 솔쳐나자 ——

춘천 삼백 리 벼룻길을 냅다 뽑는데
그런 상장(喪章)을 두른 표정은 그만하겠다고 꽥 ——
꽥 ——

몇 킬로 휘달리고 나서 거북처럼 흥분한다.
징징거리는 신경 방석 위에 소스듬 이대로 견딜 밖에.

쌍쌍이 날아오는 풍경들을 뺨으로 헤치며
내처 살폿 엉긴 꿈을 깨어 진저리를 쳤다.

어느 화원으로 꾀어내어 바늘로 찔렀더니만
그만 호접같이 죽드라.

해바라기 씨

해바라기 씨를 심자.
담 모롱이 참새 눈 숨기고
해바라기 씨를 심자.

누나가 손으로 다지고 나면
바둑이가 앞발로 다지고
괭이가 꼬리로 다진다.

우리가 눈감고 한밤 자고 나면
이슬이 내려와 같이 자고 가고,

우리가 이웃에 간 동안에
햇빛이 입맞추고 가고,

해바라기는 첫 시악시인데
사흘이 지나도 부끄러워
고개를 아니 든다.

가만히 엿보러 왔다가
소리를 꽥! 지르고 간 놈이 ──
오오, 사철나무 잎에 숨은
청개구리 고놈이다.

호랑나비

　화구를 메고 산을 첩첩 들어간 후　이내 종적이 묘연하다　단풍이 이울고　봉마다 찡그리고 눈이 날고　영(嶺) 위에 매점은 덧문 속문이 닫히고　삼동내 열리지 않았다　해를 넘어 봄이 짙도록　눈이 처마와 키가 같았다　대폭 캔버스 위에는 목화송이 같은 한 떨기 지난해 흰 구름이 새로 미끄러지고　폭포 소리 차츰 불고 푸른 하늘 되돌아서 오건만　구두와 안신이 나란히 놓인 채 연애가 비린내를 풍기기 시작했다　그날 밤 집집 들창마다 석간에 비린내가 끼치었다　박다태생(博多胎生) 수수한 과부 흰 얼굴이사 회양(淮陽) 고성 사람들끼리에도 익었건만　매점 바깥주인 된 화가는 이름조차 없고 송홧가루 노랗고　뻑 뻑 국 고비 고사리 고부라지고 호랑나비 쌍을 지어 훨 훨 청산을 넘고.

귀로(歸路)

포도(鋪道)로 내리는 밤안개에
어깨가 저윽이 무거웁다.

이마에 촉(觸)하는 쌍그란 계절의 입술
거리에 등불이 함폭! 눈물겹구나.

제비도 가고 장미도 숨고
마음은 안으로 상장(喪章)을 차다.

걸음은 절로 디딜 데 디디는 삼십 적 분별
영탄도 아닌 불길한 그림자가 길게 누이다.

밤이면 으레 홀로 돌아오는
붉은 술도 부르지 않는 적막한 습관이여!

무서운 시계

오빠가 가시고 난 방안에
숯불이 박꽃처럼 새워간다.

산 모루 돌아가는 차, 목이 쉬어
이 밤사 말고 비가 오시려나?

망토 자락을 여미며 여미며
검은 유리만 내어다보시겠지!

오빠가 가시고 나신 방안에
시계 소리 서마서마 무서워

발열

처마 끝에 서린 연기 따라
포도순이 기어나가는 밤, 소리 없이,
가물음 땅에 스며든 더운 김이
등에 서리나니, 훈훈히,
아아, 이 애 몸이 또 달아오르노나.
가쁜 숨결을 드내쉬노니, 박나비처럼,
가녀린 머리, 주사 찍은 자리에, 입술을 붙이고
나는 중얼거리다, 나는 중얼거리다,
부끄러운 줄도 모르는 다신교도와도 같이.
아아, 이 애가 애자지게 보채노나!
불도 약도 달도 없는 밤,
아득한 하늘에는
별들이 참벌 날듯 하여라.

불사조

비애! 너는 모양할 수도 없도다.
너는 나의 가장 안에서 살았도다.

너는 박힌 화살, 날지 않는 새,
나는 너의 슬픈 울음과 아픈 몸짓을 지니노라.

너를 돌려보낼 아무 이웃도 찾지 못하였노라.
은밀히 이르노니 ──「행복」이 너를 아주 싫어하더라.

너는 짐짓 나의 심장을 차지하였더뇨?
비애! 오오 나의 신부! 너를 위하여 나의 창과 웃음을 닫
았노라.

이제 나의 청춘이 다한 어느 날 너는 죽었도다.
그러나 너를 묻은 아무 석문(石門)도 보지 못하였노라.

스스로 불탄 자리에서 나래를 펴는
오오 비애! 너의 불사조 나의 눈물이여!

비극

「비극」의 흰 얼굴을 뵈인 적이 있느냐?
그 손님의 얼굴은 실로 미(美)하니라.
검은 옷에 가리어 오는 이 고귀한 심방에 사람들은 부질
없이 당황한다.
실상 그가 남기고 간 자취가 얼마나 향그럽기에
오랜 후일에야 평화와 슬픔과 사랑의 선물을 두고 간 줄
을 알았다.
그의 발옮김이 또한 표범의 뒤를 따르듯 조심스럽기에
가리어 듣는 귀가 오직 그의 노크를 안다.
묵(墨)이 말라 시가 써지지 아니하는 이 밤에도
나는 맞이할 예비가 있다.
일찍이 나의 딸 하나와 아들 하나를 드린 일이 있기에
혹은 이 밤에 그가 예의를 갖추지 않고 올 양이면
문밖에서 가벼이 사양하겠다!

새빨간 기관차

느으릿 느으릿 한눈파는 겨를에
사랑이 쉬이 알아질까도 싶구나.
어린아이야, 달려가자.
두 뺨에 피어오른 어여쁜 불이
일찍 꺼져버리면 어찌하자니?
줄달음질쳐 가자.
바람은 휘잉. 휘잉.
망토 자락에 몸이 떠오를 듯.눈보라는 풀. 풀.
붕어 새끼 꾀어내는 모이 같다.
어린아이야, 아무것도 모르는
새빨간 기관차처럼 달려가자!

시계를 죽임

한밤에 벽시계는 불길한 탁목조(啄木鳥)!
나의 뇌수를 미싱 바늘처럼 쪼다.

일어나 쫑알거리는 「시간」을 비틀어 죽이다.
잔인한 손아귀에 감기는 가냘픈 모가지여!

오늘은 열 시간 일하였노라.
피로한 이지(理智)는 그대로 치차(齒車)를 돌리다.

나의 생활은 일절 분노를 잊었노라.
유리 안에 설레는 검은 곰인 양 하품하다.

꿈과 같은 이야기는 꿈에도 아니하련다.
필요하다면 눈물도 제조할 뿐!

어쨌든 정각에 꼭 수면하는 것이
고상한 무표정이요 한 취미로 하노라!

명일!(일자가 아니어도 좋은 영원한 혼례!)
소리 없이 옮겨가는 나의 백금 체펠린의 유유한 야간 항
로여!

아침

프로펠러 소리……
선연한 커브를 돌아나갔다.

쾌청! 짙푸른 유월 도시는 한 충계 더 자랐다.

나는 어깨를 고르다.
하품…… 목을 뽑다.
붉은 수탉 모양 하고
피어오르는 분수를 물었다…… 뿜었다……
햇살이 함빡 백공작의 꼬리를 폈다.

수련이 화판을 폈다.
오무라쳤던 잎새. 잎새. 잎새.
방울 방울 수은을 받쳤다.
아아 유방처럼 솟아오른 수면!
바람이 구르고 거위가 미끄러지고 하늘이 돈다.

좋은 아침 ──
나는 탐하듯이 호흡하다.
때는 구김살 없는 흰 돛을 달다.

예장(禮裝)

　모닝코트에 예장을 갖추고　대만물상에 들어간 한 장년 신사가 있었다.　구만물(舊萬物) 위에서 아래로 내려뛰었다.　웃저고리는 내려가다가 중간 솔가지에 걸리어 벗겨진 채 와이샤쓰 바람에 넥타이가 다칠세라 납죽이 엎드렸다.　한겨울 내 ―― 흰 손바닥 같은 눈이 내려와 덮어 주곤 주곤 하였다.　장년이 생각하기를 「숨도 아예 쉬지 않아야 춥지 않으리라」고　주검다운 의식을 갖추어 삼동 내 ―― 부복하였다.　눈도 희기가 겹겹이 예장같이　봄이 짙어서 사라지다.

오월소식

오동나무 꽃으로 불 밝힌 이곳 첫여름이 그립지 아니한
가?
어린 나그네 꿈이 시시로 파랑새가 되어 오려니.
나무 밑으로 가나 책상 턱에 이마를 고일 때나,
네가 남기고 간 기억만이 소근소근거리는구나.

모처럼 만에 날아온 소식에 반가운 마음이 울렁거리어
가여운 글자마다 먼 황해가 남실거리나니.

……나는 갈매기 같은 종선(從船)을 한창 치달리고 있
다……

쾌활한 오월 넥타이가 내처 난데없는 순풍이 되어,
하늘과 딱 닿은 푸른 물결 위에 솟은,

외따른 섬 로맨틱을 찾아갈까나.

일본말과 아라비아 글씨를 가르치러 간
쬐그만 이 페스탈로치야, 꾀꼬리 같은 선생님이야,
날마다 밤마다 섬 둘레가 근심스런 풍랑에 씹히는가 하노
니,
은은히 밀려오는 듯 머얼리 우는 오르간 소리⋯⋯⋯⋯

유리창 1

유리에 차고 슬픈 것이 어른거린다.
열없이 붙어 서서 입김을 흐리우니
길들은 양 언 날개를 파닥거린다.
지우고 보고 지우고 보아도
새까만 밤이 밀려나가고 밀려와 부딪히고,
물 먹은 별이, 반짝, 보석처럼 박힌다.
밤에 홀로 유리를 닦는 것은
외로운 황홀한 심사이어니,
고운 폐혈관이 찢어진 채로
아아, 너는 산새처럼 날아갔구나!

유리창 2

내어다보니
아주 캄캄한 밤,
어험스런 뜰 앞 잣나무가 자꾸 커 올라간다.
돌아서서 자리로 갔다.
나는 목이 마르다.
또, 가까이 가
유리를 입으로 쪼다.
아아, 항 안에 든 금붕어처럼 갑갑하다.
별도 없다, 물도 없다, 휘파람 부는 밤.
소중기선처럼 흔들리는 창.
투명한 보랏빛 누리알 아,
이 알몸을 끄집어내라, 때려라, 부릇내라.
나는 열이 오른다.
뺨은 차라리 연정스레이
유리에 비빈다, 차디찬 입맞춤을 마신다.
쓰라리, 아련히, 긋는 음향 ——
머언 꽃!
도회에서 고운 화재가 오른다.

인동차(忍冬茶)

노주인(老主人)의 장벽(腸壁)에
무시로 인동 삶긴 물이 내린다.

자작나무 덩그럭 불이
도로 피어 붉고,

구석에 그늘지어
무가 순 돌아 파릇하고,

흙냄새 훈훈히 김도 서리다가
바깥 풍설 소리에 잠착하다.

산중에 책력도 없이
삼동(三冬)이 하이얗다.

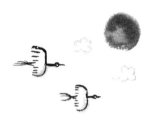

저녁햇살

불 피어오르듯 하는 술
한숨에 키어도 아아 배고파라.

수줍은 듯 놓인 유리컵
바작바작 씹는데도 배고프리.

네 눈은 고만(高慢)스런 흑단추.
네 입술은 서운한 가을철 수박 한 점.

빨아도 빨아도 배고프리.

술집 창문에 붉은 저녁 햇살
연연하게 탄다, 아아 배고파라.

조찬

햇살 피어
이윽한 후,

머흘 머흘
골을 옮기는 구름.

길경 꽃봉오리
흔들려 씻기우고.

차돌부리
촉 촉 죽순 돋듯.

물소리에
이가 시리다.

앉음새 가리어
양지쪽에 쪼그리고,

서러운 새 되어
흰 밥알을 쪼다.

지도

지리 교실 전용 지도는
다시 돌아와 보는 미려한 칠월의 정원.
천도열도 부근 가장 짙푸른 곳은 진실한 바다보다 깊다.
한가운데 검푸른 점으로 뛰어들기가 얼마나 황홀한 해학
이냐!
의자 위에서 다이빙 자세를 취할 수 있는 순간,
교원실의 칠월은 진실한 바다보담 적막하다.

촉불과 손

고요히 긋는 솜씨로
방안 하나 차는 불빛!

별안간 꽃다발에 안긴 듯이
올빼미처럼 일어나 큰 눈을 뜨다.

*

그대의 붉은 손이
바위틈에 물을 따오다,
산양의 젖을 옮기다,
간소한 채소를 기르다,
오묘한 가지에 장미가 피듯이
그대 손에 초밤불이 낳도다.

카페 프란스

옮겨다 심은 종려나무 밑에
비뚜로 선 장명등.
카페 프란스에 가자.

이놈은 루바슈카.
또 한 놈은 보헤미안 넥타이.
뼈쩍 마른 놈이 앞장을 섰다.

밤비는 뱀눈처럼 가는데
페이브먼트에 흐늑이는 불빛
카페 프란스에 가자.

이놈의 머리는 빛 두른 능금
또 한 놈의 심장은 벌레 먹은 장미
제비처럼 젖은 놈이 뛰어간다.

*

「오오 패럿(앵무) 서방! 굿 이브닝!」

「굿 이브닝!」(이 친구 어떠하시오?)

울금향 아가씨는 이 밤에도
경사 커튼 밑에서 조시는구려!

나는 자작의 아들도 아무것도 아니란다.
남달리 손이 희어서 슬프구나!

나는 나라도 집도 없단다.
대리석 테이블에 닿는 내 뺨이 슬프구나!

오오, 이국종 강아지야
내 발을 빨아다오.
내 발을 빨아다오.

태극선

이 아이는 고무불을 따라
흰 산양이 서로 부르는 푸른 잔디 위로 달리는지도
모른다.

이 아이는 범나비 뒤를 그리어
소스라치게 위태한 절벽 가를 내닫는지도 모른다.

이 아이는 내처 날개가 돋쳐
꽃잠자리 저자를 선 하늘로 도는지도 모른다.

(이 아이가 내 무릎 위에 누운 것이 아니라)

새와 꽃, 인형, 납병정, 기관차들을 거나리고
모래밭과 바다, 달과 별 사이로
다리 긴 왕자처럼 다니는 것이려니,

(나도 일찍이, 점두록 흐르는 강가에
이 아이를 뜻도 아니한 시름에 겨워
풀피리만 찢은 일이 있다)

이 아이의 비단결 숨소리를 보라.
이 아이의 씩씩하고도 보드라운 모습을 보라.
이 아이 입술에 깃들인 박꽃 웃음을 보라.

(나는, 쌀, 돈 셈, 지붕 샐 것이 문득 마음 키인다)

반딧불 하릿하게 날고
지렁이 기름불만치 우는 밤,
모아드는 훗훗한 바람에
슬프지도 않은 태극선 자루가 나부끼다.

파라솔

연잎에서 연잎 내가 나듯이
그는 연잎 냄새가 난다.

해협을 넘어 옮겨다 심어도
푸르리라, 해협이 푸르듯이.

불시로 상기되는 뺨이
성이 가시다, 꽃이 스스로 괴롭듯.

눈물을 오래 어리우지 않는다.
윤전기 앞에서 천사처럼 바쁘다.

붉은 장미 한 가지 고르기를 평생 삼가리,
대개 흰 나리꽃으로 선사한다.

원래 벅찬 호수에 날아들었던 것이라
어차피 헤기는 헤어나간다.

학예회 마지막 무대에서
자폭스런 백조인 양 흥청거렸다.

부끄럽기도 하나 잘 먹는다.
끔찍한 비프스테이크 같은 것도!

오피스의 피로에
태엽처럼 풀려왔다.

램프에 갓을 씌우자
도어를 안으로 잠갔다.

기도와 수면의 내용을 알 길이 없다.
포효하는 검은 밤, 그는 조란(鳥卵)처럼 희다.

구기어지는 것 젖는 것이
아주 싫다.

파라솔같이 채곡 접히기만 하는 것은
언제든지 파라솔같이 펴기 위하여 ——

피리

자네는 인어를 잡아
아씨를 삼을 수 있나?

달이 이리 창백한 밤엔
따뜻한 바다 속에 여행도 하려니.

자네는 유리 같은 유령이 되어
뼈만 앙상하게 보일 수 있나?

달이 이리 창백한 밤엔
풍선을 잡아타고
화분 날리는 하늘로 둥 둥 떠오르기도 하려니.

아무도 없는 나무 그늘 속에서
피리와 단둘이 이야기하노니.

홍역

석탄 속에서 피어나오는
태고연히 아름다운 불을 둘러
십이월 밤이 고요히 물러앉다.

유리도 빛나지 않고
창장(窓帳)도 깊이 내리운 대로
문에 열쇠가 끼인 대로

눈보라는 꿀벌떼처럼
잉잉거리고 설레는데,
어느 마을에서는 홍역이 철쭉처럼 난만하다.

달

선뜻! 뜨인 눈에 하나 차는 영창
달이 이제 밀물처럼 밀려오다.

미욱한 잠과 베개를 벗어나
부르는 이 없이 불려 나가다.

*

한밤에 홀로 보는 나의 마당은
호수같이 둥긋이 차고 넘치노나.

쪼그리고 앉은 한옆에 흰 돌도
이마가 유달리 함초롬 고와라.

연연턴 녹음, 수묵색으로 짙은데
한창때 곤한 잠인 양 숨소리 설키도다.

비둘기는 무엇이 궁거워 구구 우느뇨,
오동나무 꽃이야 못 견디게 향그럽다.

바람 1

바람 속에 장미가 숨고
바람 속에 불이 깃들다.

바람에 별과 바다가 씻기우고
푸른 묏부리와 나래가 솟다.

바람은 음악의 호수.
바람은 좋은 알리움!

오롯한 사랑과 진리가 바람에 옥좌를 고이고
커다란 하나와 영원이 펴고 날다.

바람 2

바람.
바람.
바람.

너는 내 귀가 좋으냐?
너는 내 코가 좋으냐?
너는 내 손이 좋으냐?

내사 온통 빨개졌네.

내사 아무치도 않다.

호 호 추워라 구보(驅步)로!

밤

눈 머금은 구름 새로
흰 달이 흐르고,

처마에 서린 탱자나무가 흐르고,

외로운 촛불이, 물새의 보금자리가 흐르고⋯⋯

표범 껍질에 호젓하이 싸이어
나는 이 밤, 「적막한 홍수」를 누워 건너다.

별똥

별똥 떨어진 곳,

마음해 두었다

다음날 가보려,

벼르다 벼르다

인젠 다 자랐소.

별 1

누워서 보는 별 하나는
진정 멀 —— 고나.

아스름 닫히려는 눈초리와
금실로 이은 듯 가깝기도 하고,

잠 살포시 깨인 한밤엔
창유리에 붙어서 엿보누나.

불현듯, 솟아나듯,
불리울 듯, 맞아들일 듯,

문득, 영혼 안에 외로운 불이
바람처럼 이는 회한에 피어오른다.

흰 자리옷 채로 일어나
가슴 위에 손을 여미다.

별 2

창을 열고 눕다.
창을 열어야 하늘이 들어오기에.

벗었던 안경을 다시 쓰다.
일식이 개이고 난 날 밤 별이 더욱 푸르다.

별을 잔치하는 밤
흰 옷과 흰 자리로 단속하다.

세상에 아내와 사랑이란
별에서 치면 지저분한 보금자리

돌아누워 별에서 별까지
해도(海圖) 없이 항해하다.

별도 포기 포기 솟았기에
그중 하나는 더 획지고

하나는 갓 낳은 양
여릿여릿 빛나고

하나는 발열하여
붉고 떨고

바람엔 별도 쏠리다.
회회 돌아 살아나는 촛불!

찬물에 씻기여
사금을 흘리는 은하!

마스트 아래로 섬들이 항시 달려왔었고
별들은 우리 눈썹 기슭에 아스름 항구가 그립다.

대웅성좌가
기웃이 도는데!

청려(淸麗)한 하늘의 비극에
우리는 숨소리까지 삼가다.

이유는 저 세상에 있을지도 몰라
우리는 제마다 눈감기 싫은 밤이 있다.

잠재기 노래 없이도
잠이 들다.

산 너머 저쪽

산 너머 저쪽에는
누가 사나?

뻐꾸기 영 위에서
한나절 울음 운다.

산 너머 저쪽에는
누가 사나?

철나무 치는 소리만
서로 맞아 쩌 르 렁!

산 너머 저쪽에는
누가 사나?

늘 오던 바늘장수도
이 봄 들며 아니 뵈네.

비

돌에
그늘이 차고,

따로 몰리는
소소리 바람.

앞섰거니 하여
꼬리 치날리어 세우고,

종종다리 까칠한
산새 걸음걸이.

여울지어
수척한 흰 물살,

갈가리
손가락 펴고.

멎은 듯
새삼 듣는 빗낱

붉은 잎 잎
소란히 밟고 간다.

산엣 색시 들녘 사내

산엣 새는 산으로,
들녘 새는 들로.
산엣 색시 잡으러
산에 가세.

작은 재를 넘어서서,
큰 봉엘 올라서서,

「호 —— 이」
「호 —— 이」

산엣 색시 날래기가
표범 같다.

치달려 달아나는
산엣 색시,

활을 쏘아 잡었슴나?

아아니다,
들녘 사내 잡은 손은
차마 못 놓더라.

산엣 색시
들녘 쌀을 먹였더니
산엣 말을 잊었습데.

들녘 마당에
밤이 들어,

활 활 타오르는 화톳불 너머로
넘어다보면

들녘 사내 선웃음 소리,
산엣 색시
얼굴 와락 붉었더라.

삼월 삼진날

중, 중, 때때중,
우리 애기 까까머리.

삼월 삼진날,
질나라비, 훨, 훨,
제비 새끼, 훨, 훨,

쑥 뜯어다가
개피떡 만들어
호, 호, 잠들여 놓고
냥, 냥, 잘도 먹었다.

중, 중, 때때중,
우리 애기 상제로 사갑소.

이른 봄 아침

귀에 설은 새소리가 새어 들어와
참한 은시계로 자근자근 얻어맞은 듯,
마음이 이 일 저 일 보살필 일로 갈라져,
수은 방울처럼 동글동글 나동그라져,
춥기는 하고 진정 일어나기 싫어라.

*

쥐나 한 마리 훔켜잡을 듯이
미닫이를 살포 —— 시 열고 보니
사루마다 바람으론 오호! 추워라.

마른 새삼넝쿨 사이사이로
빠알간 산새 새끼가 물레북 드나들듯.

*

새 새끼와도 언어 수작을 능히 할까 싶어라.
날카롭고도 보드라운 마음씨가 파다거리어.
새 새끼와 내가 하는 에스페란토는 휘파람이라.
새 새끼야, 한종일 날아가지 말고 울어나 다오,
오늘 아침에는 나이 어린 코끼리처럼 외로워라.

*

산봉우리 —— 저쪽으로 돌린 프로필 ——
패랭꽃 빛으로 볼그레하다,
씩 씩 뽑아 올라간, 밋밋하게
깎아 세운 대리석 기둥인 듯,
간덩이 같은 해가 이글거리는
아침 하늘을 일심으로 떠받치고 섰다.
봄바람이 허리띠처럼 휘이 감돌아 서서
사알랑 사알랑 날아오노니,
새 새끼도 포르르 포르르 불려왔구나.

춘설

문 열자 선뜻!
먼 산이 이마에 차라.

우수절 들어
바로 초하루 아침.

새삼스레 눈이 덮인 뫼뿌리와
서늘옵고 빛난 이마받이 하다.

얼음 금가고 바람 새로 따르거니
흰 옷고름 절로 향기로워라.

옹숭거리고 살아난 양이
아아 꿈 같기에 설어라.

미나리 파릇한 새순 돋고
옴짓 아니 기던 고기 입이 오물거리는,

꽃 피기 전 철 아닌 눈에
핫옷 벗고 도로 춥고 싶어라.

갈릴레아 바다

나의 가슴은
조그만 「갈릴레아 바다」.

때없이 설레는 파도는
미(美)한 풍경을 이룰 수 없도다.

예전에 문제(門弟)들은
잠자시는 주를 깨웠도다.

주를 다만 깨움으로
그들의 신덕은 복되도다.

돛폭은 다시 펴고
키는 방향을 찾았도다.

오늘도 나의 조그만 「갈릴레아」에서
주는 짐짓 잠자신 줄을 ──

바람과 바다가 잠잠한 후에야
나의 탄식은 깨달았도다.

다른 하늘

그의 모습이 눈에 보이지 않았으나
그의 안에서 나의 호흡이 절로 달도다.

물과 성신(聖神)으로 다시 낳은 이후
나의 날은 날로 새로운 태양이로세!

뭇사람과 소란한 세대에서
그가 다만 내게 하신 일을 지니리라!

미리 가지지 않았던 세상이어니
이제 새삼 기다리지 않으련다.

영혼은 불과 사랑으로! 육신은 한낱 괴로움.
보이는 하늘은 나의 무덤을 덮을 뿐.

그의 옷자락이 나의 오관에 사무치지 않았으나
그의 그늘로 나의 다른 하늘을 삼으리라.

또 하나 다른 태양

온 고을이 받들 만한
장미 한 가지가 솟아난다 하기로
그래도 나는 고와 아니하련다.

나는 나의 나이와 별과 바람에도 피로웁다.

이제 태양을 금시 잃어버린다 하기로
그래도 그리 놀라울 리 없다.

실상 나는 또 하나 다른 태양으로 살았다.

사랑을 위하얀 입맛도 잃는다.
외로운 사슴처럼 벙어리 되어 산길에 설지라도 ——

오오, 나의 행복은 나의 성모 마리아!

띠

하늘 위에 사는 사람
머리에다 띠를 띠고,

이 땅 위에 사는 사람
허리에다 띠를 띠고,

땅 속 나라 사는 사람
발목에다 띠를 띠네.

은혜

회한도 또한
거룩한 은혜.

깁실인 듯 가늘은 봄볕이
골에 굳은 얼음을 쪼기고,

바늘 같이 쓰라림에
솟아 동그는 눈물!

귀밑에 아른거리는
요염한 지옥 불을 끄다.

간곡한 한숨이 뉘게로 사무치느뇨?
질식한 영혼에 다시 사랑이 이슬 내리도다.

회한에 나의 해골을 잠그고저.
아아 아프고저!

임종

나의 임종하는 밤은
귀뚜리 하나도 울지 말라.

나중 죄를 들으신 신부는
거룩한 산파처럼 나의 영혼을 가르시라.

성모취결례(聖母就潔禮) 미사 때 쓰고 남은 황촉불!

담 머리에 숙인 해바라기꽃과 함께
다른 세상의 태양을 사모하여 돌으라.

영원한 나그네길 노자로 오시는
성주 예수의 쓰신 원광!
나의 영혼에 칠색의 무지개를 심으시라.

나의 평생이요 나중인 괴롬!
사랑의 백금 도가니에 불이 되라.

달고 달으신 성모의 이름 부르기에
나의 입술을 타게 하라.

나무

얼굴이 바로 푸른 하늘을 우러렀기에
발이 항시 검은 흙을 향하기 욕되지 않도다.

곡식알이 거꾸로 떨어져도 싹은 반드시 위로!
어느 모양으로 심기어졌더뇨? 이상스런 나무 나의 몸이여!

오오 알맞은 위치! 좋은 위아래!
아담의 슬픈 유산도 그대로 받았노라.

나의 적은 연륜으로 이스라엘의 이천 년을 헤었노라.
나의 존재는 우주의 한낱 초조한 오점이었도다.

목마른 사슴이 샘을 찾아 입을 잠그듯이
이제 그리스도의 못 박히신 발의 성혈에 이마를 적시며 ——

오오! 신약의 태양을 한아름 안다.

조약돌

조약돌 도글도글……
그는 나의 혼의 조각이러뇨.

앓는 피에로의 설움과
첫길에 고달픈
청제비의 푸념 겨운 지즐댐과,
꼬집어 아직 붉어 오르는
피에 맺혀,
비 날리는 이국 거리를
탄식하며 헤매노나.

조약돌 도글도글……
그는 나의 혼의 조각이러뇨.

그의 반

내 무엇이라 이름하리 그를?
나의 영혼 안의 고운 불,
공손한 이마에 비추는 달,
나의 눈보다 값진 이,
바다에서 솟아올라 나래 떠는 금성,
쪽빛 하늘에 흰 꽃을 단 고산식물,
나의 가지에 머물지 않고
나의 나라에서도 멀다.
홀로 어여삐 스스로 한가로워 —— 항상 머언 이,
나는 사랑을 모르노라 오로지 수그릴 뿐.
때없이 가슴에 두 손이 여미어지며
굽이굽이 돌아나간 시름의 황혼 길 위 ——
나 —— 바다 이 편에 남긴
그의 반임을 고이 지니고 걷노라.

내 맘에 맞는 이

당신은 내 맘에 꼭 맞는 이.
잘난 남보다 조그맣지만
어리둥절 어리석은 척
옛사람처럼 사람 좋게 웃어 좀 보시오.
이리 좀 돌고 저리 좀 돌아보시오.
코 쥐고 뺑뺑이 치다 절 한 번만 합쇼.

호. 호. 호. 호. 내 맘에 꼭 맞는 이.

큰 말 타신 당신이
쌍무지개 홍예문 틀어 세운 벌로
내달리시면

나는 산날맹이 잔디밭에 앉아
기(口令)를 부르지요.

「앞으로 —— 가. 요.」
「뒤로 —— 가. 요.」

키는 후리후리. 어깨는 산고개 같아요.
호. 호. 호. 호. 내 맘에 맞는 이.

소곡(小曲)

물새도 잠들어 깃을 사리는
이 아닌 밤에,

명수대(明水臺) 바위 틈 진달래꽃
어쩌면 타는 듯 붉으뇨.

오는 물, 가는 물,
내쳐 보내고, 헤어질 물

바람이사 애초 못 믿을손,
입 맞추곤 이내 옮겨가네.

해마다 제철이면
한 둥걸에 핀다기소니,

들새도 날아와
애닮다 눈물짓는 아침엔,

이울어 하롱하롱 지는 꽃잎,
섧지 않으랴, 푸른 물에 실려가기,

아깝고야, 아기자기
한창인 이 봄밤을,
촛불 켜들고 밝히소.
아니 붉고 어찌료.

엽서에 쓴 글

나비가 한 마리 날아 들어온 양하고
이 종잇장에 불빛을 돌려대 보시압.
제대로 한동안 파다거리오리다.
―― 대수롭지도 않은 산 목숨과도 같이.
그러나 당신의 열적은 오라범 하나가
먼 데 가까운 데 가운데 불을 헤이며 헤이며
찬비에 함추름 휘적시고 왔소.
―― 서럽지도 않은 이야기와도 같이.
누나, 검은 이 밤이 다 희도록
참한 뮤즈처럼 주무시압.
해발 이 천 피트 산봉우리 위에서
이제 바람이 내려옵니다.

풍랑몽 1

당신께서 오신다니
당신은 어찌나 오시려십니까.

끝없는 울음 바다를 안으올 때
포돗빛 밤이 밀려오듯이,
그 모양으로 오시려십니까.

당신께서 오신다니
당신은 어찌나 오시려십니까.

물 건너 외딴 섬, 은회색 거인이
바람 사나운 날, 덮쳐 오듯이,
그 모양으로 오시려십니까.

당신께서 오신다니
당신은 어찌나 오시려십니까.

창밖에는 참새떼 눈초리 무거웁고
창안에는 시름겨워 턱을 고일 때,
은고리 같은 새벽달
부끄럼성스런 낯가림을 벗듯이,
그 모양으로 오시려십니까.

외로운 졸음, 풍랑에 어리울 때
앞 포구에는 궂은비 자욱히 둘리고
행선배 북이 웁니다, 북이 웁니다.

풍랑몽 2

바람은 이렇게 몹시도 부옵는데
저 달 영원의 등화!
꺼질 법도 아니하옵거니,
엊저녁 풍랑 위에 님 실려 보내고
아닌 밤중 무서운 꿈에 소스라쳐 깨옵니다.

정지용 연보

1902(1세)
· 음력 5월 15일 충청북도 옥천군 옥천면 하계리에서 아버지 정태국과 어머니 정미하의 장남으로 태어남. 아명 지룡(池龍). 본명 지용(芝溶). 세례명 프란시스코.

1910(9세)
· 옥천공립보통학교에 입학.

1913(12세)
· 은진 송씨 재숙과 결혼.

1918(17세)
· 휘문고등보통학교 입학. 습작 활동 시작 후 박팔양 등과 동인지 〈요람〉 발간.

1919(18세)
· 3·1운동 휘문 사태의 주동으로 무기정학. 12월 〈서광〉 창간호에 소설 〈삼인〉 발표.

1922(21세)
· 휘문고등보통학교 졸업. 첫 시 〈풍랑몽〉 씀. 아버지 친구 유복영의 집에서 기거.

1923(22세)
· 휘문고등보통학교 문우회 발간 〈휘문〉 창간호의 편집위원.

1924(23세)

· 휘문고등보통학교 교비생으로 일본 교토 도시샤대학 영
  문과 입학. 〈석류〉, 〈민요풍 시편〉 발표.

1925(24세)

· 〈새빨간 기관차〉, 〈바다〉 발표.

1926(25세)

· 〈학조〉 창간호에 〈카페 프란스〉 발표, 문단활동 시작.

1927(26세)

· 〈벚나무 열매〉, 〈갈매기〉, 〈갑판 위〉, 〈향수〉 발표.

1928(27세)

· 음력 2월 장남 구관 출생.

1929(28세)

· 도시샤대학 영문학과 졸업 후 귀국. 9월 모교 휘문고등보
  통학교 영어교사 부임.

1930(29세)

· 박용철, 김영랑, 이하윤 등이 있는 〈시문학〉 동인 가담.
  〈겨울〉, 〈유리창〉과 번역시 3편 발표.

1932(31세)

· 〈고향〉, 〈열차〉 발표.

1933(32세)

· 〈가톨릭 청년〉 편집고문을 맡음. 문학친목단체 〈구인회〉

결성.

1934(33세)

· 장녀 구원 출생. 〈다른 하늘〉, 〈또 하나 다른 태양〉 발표.

1935(34세)

· 시문학사에서 첫 시집 〈정지용 시집〉 출간.

1936(35세)

· 서대문구 북아현동으로 이사. 〈옥류동〉, 〈별똥이 떨어진 곳〉 발표.

1937(36세)

· 음력 3월 북아현동 자택에서 아버지 정태국 사망.

1938(37세)

· 〈꾀꼬리와 국화〉, 〈슬픈 우상〉, 〈비로봉〉 발표.

1939(38세)

· 《문장》 추천위원이 되어 조지훈, 박두진, 박목월, 김종한, 이한직, 박남수 등을 등단시킴. 〈수산12〉, 〈백록담〉 발표.

1940(39세)

· 기행문 〈화문행각(畵文行脚)〉, 〈천주당〉 발표.

1941(40세)

· 문장사에서 두 번째 시집 〈백록담〉 출간.

1944(43세)

· 경기도 부천 소사로 이사.

1945(44세)

· 휘문고등보통학교 퇴직. 이화여자전문학교 교수 부임.

1946(45세)

· 서울 성북구 돈암동으로 이사. 을유문화사 〈지용시선〉 출
간.

1947(46세)

· 경향신문사 주간 사임. 이화여자대학교 교수로 복직. 서
울대학교 문리과대학 강사로 〈시경〉 강의.

1948(47세)

· 이화여자대학교 사임. 녹번리 초당에서 기거.

1949(48세)

· 박문출판사 〈문학독본〉 출간. 동지사 〈산문〉 출간.

1950(49세)

· 〈곡마단〉, 〈늙은 범〉 발표. 6 · 25 전쟁 중에 정치보위부
에 구금됨. 정인택, 김기림, 박영희와 서대문 형무소에 수
용. 평양감옥으로 이감 후 이광수, 계광순과 33인이 함께
폭사한 것으로 추정.

가재도 기지 않는

백록담 푸른 물에 하늘이 돈다.

불구에 가깝도록 고단한 나의 다리를 돌아 소가 갔다.

쫓겨 온 실구름 일말(一抹)에도 백록담은 흐리운다.

나의 얼굴에 한나절 포긴 백록담은 쓸쓸하다.

나는 깨다 졸다 기도조차 잊었더니라.

– 『백록담』 중에서 –

국어과 선생님이 뽑은

한국 문학 읽기
한국고전읽기
세계문학읽기